KB013101

당신은 지니라고 부른다

산지니시인선 008

당신은 지니라고 부른다

서화성 시집

산지니

한동안 길을 잃었고
한동안 기억을 잃었고
한동안 당신을 잃었고

그런 당신을 찾았다
당신에게 숨을 쉴 수 있기에
당신에게 보낸다

차례

제2부

제3부

제 1 부

슬픔을 가늠하다

그러나 당신을 리어카라고 부른다
당신을 언덕 위의 달동네라고 부른다
달동네의 허리에서
당신을 마지막 월급봉투라고 부른다
당신은 때 묻은 수건
당신은 세월의 나이테
두 개의 동전을 굴리며
손잡은 부부가 되어 달동네를 넘는다
한쪽은 당신의 얼굴
한쪽은 당신의 거울
당신을 두 얼굴의 저녁이라 부른다
당신을 늦은 저녁의 밥상이라 부른다

봄비의 온도

지하철을 벗어난 온도는 몇 도일까

우산을 들고 바람을 맞고
전단지 씨의 온도는 몇 도일까
밤새 떨어진 낙엽의 온도는

정류장에서 길을 묻는다
새장에 갇힌 아버지는 일회용 국밥을 먹는다

서류가방에 쌓인 고민들
바람의 온도
구름의 온도
당신의 온도

어제 내린 봄비의 온도는 몇 도일까
어제 먹은 호떡의 온도는 어디에 있을까

발소리가 들리는 쪽으로

가다가 신문에 나온 내일의 온도는 몇 도일까

바람에 날아간 당신과
속살이 터져 숨어버린 구름과

잠이 든 천사의 온도는 몇 도일까
봄이 오는 소리는 몇 도일까

k씨 이야기

압류딱지가 덕지덕지 붙어 있다
추위를 삼켜버린 독버섯이
화장실 거울에서
화장대에서 케케묵은 냄새를 풍기고 있다
작년에 산 바지 뒤주머니에 있다
한때는 엇갈린 고백에서
볼펜이 닳도록 낙서를 하거나
온종일 책상 앞에 있거나
담배연기처럼 떨리는 목소리가 자욱한 밤
때를 놓친 허기가 하루를 이기고 있다
한 달마다 돌아오는 k씨는 중독이다
주식은 어떻게 올랐나요,
숨 쉴 틈이 어디인가요,
계란 한 판을 위해 늦잠까지 양보한 당신에게
k씨는 요란스럽게 알람이다
단돈 몇 백 원 아끼려고
신호등을 건너고 몇 번이나 주저앉았다는데
어디서 왔는지 바퀴벌레처럼 수두룩하다

배보다 배꼽을 좋아하는 이유 때문에
거울에 비친 당신은 kb달력을 넘긴다
신발장은 한 달째 안전벨트 미착용이다

해가 진다

태엽시계를 보거나 만져 본 적이 없었다
바람이 두 번 지나가면 아침인 줄 알았고
민둥산에 해가 지면 내일인 줄 알았다
주름살이 느는 것과 슬픔이 같다는 걸 알았다
호락호락하게 하늘과 마주한 적이 없었고
얼굴을 들어 겸상한 적이 없었다
흙먼지를 탁탁 털며 하루가 가는 줄 알았다
햇빛이 쨍쨍해야 벼가 고개를 숙인다는 사실과
호미질이 익숙해질 때 밥이 익어간다는 걸 알았다
숫돌은 칼날이 부드러워야 자기 몸을 내어준다는 것을
기억 한 뭉치가 빠져 세상이 보이지 않는 날,
초승달처럼 허리가 잘록하다는 걸 알았다
막차를 기다리는 삼산면 판곡리 낡은 정류소
무거운 발걸음을 지고 남은 담배를 문다
바다에 갔다는 막내가 해가 지는 곳에 있는지
한숨이 늘어난다는 것을
그렇게 어디서부터 또박또박 오고 있었다

것들

속도는 바람을 이기지 못한다는 것

고집은 정의를 이기지 못한다는 것

고름은 상처를 이기지 못한다는 것

깃발은 촛불을 이기지 못한다는 것

고통은 심장을 이기지 못한다는 것

빗물은 눈물을 이기지 못한다는 것

고독은 슬픔을 이기지 못한다는 것

잠으로 날려버린 오전은 찾을 수가 없었다

지하철에 수많은 유령들이 떠돈다. 어제 밤에 싸웠던 작은방과 끝까지 마셨던 선술집과 선창가에서 불렀던 제망매가와

하루에서 잠으로 날려버린 오전은 찾을 수가 없었다. 생각이 없었고 이름이 사라졌고 괴정역과 토성역이 빠져 있었고

몇 장의 고민과 몇 번의 유서를 넣은 가방을 몇 년째 들고 다닌다
새해가 되면 다시 유서를 쓰듯 유서를 지운다
서른에 마흔에 혈압 약을 통째로 입에 넣고는

우울한 시계방

전자 상가를 지나면 간판이 없는 시계방이 있다
환갑이 지났을까, 그는 바닥이 보일 때까지 신문을 읽는다
등이 가렵거나 심심할 때는 콧노래를 부르기도 하지만
한동안 습기가 밀려올 때면 와르르 몇 개의 동전이 쏟아
진다
오늘의 날씨는 바람이 잠잠해지면 자장면을 먹을 수 있
을까
시계 초침과 소주병이 일렬종대로 기다린다
초하루에 끊었던 담배가 구석진 바닥에서 뜨끈하다
한때 그는 특기가 뭐랄까
질리도록 들은 FM 89.9에서 램프의 요정 지니가 나올까
적성이 맞지 않는 김밥을 저기요, 여기 김밥 곱빼기요
한때의 우울과 한때의 웃음을 버무린 저녁 어디쯤에서
기다리던 버스는 답장처럼 오지 않는다
우울할 때 심장이 뛴다는 걸 알았고
웃을 때 통증이 튀어 나온다는 걸 알았고
꽁초를 피우던 박 씨가 리어카를 밀었다 끌었다 한숨이다
그럴 때면 어제 마신 시간을 가득 붓는다

김달봉 할아버지

어둠이 사라지기에 조금은 먼 계절이다. 바람이 지나간 자리에 그림자는 서서히 거치고 있었다. 담배를 끊는 것처럼 반복이었지. 그것은 일상적이게 말이야. 인기척이 없는 자리에 서성이다가 발을 잃은 의자에 앉았다가 그랬지. 내 나이 일흔하고 다섯, 내 이름을 불러 본 지 스물하고 하루. 파지를 팔아 담뱃가게 주인을 기다린다. 소나기가 담벼락을 타고 어둠에서 들어간다. 뒷걸음질 치던 해가 한 발짝 물러나고 그럴 때면 목을 적시듯 노래를 부른다. 세상 어디에 있을 새벽은 다시 오겠지. 그러면 몸무게를 더해 손수레를 끌고 거리의 한숨과 농담과 얼굴을 주워 담는다. 연거푸 가래에 기침이다. 바람이 부는 곳에서 그림자는 어둠에서 빠져 나온다.

둥둥

그녀는 깔깔거리며 웃는 취미가 있다고 했다. 발이 둥둥 떠다니는 거리에서 그녀는 깔깔거리다 다리 한쪽을 잃었다. 첫 번째 만난 그녀와 두 번째 만난 그녀는 한때 안경을 좋아하는 남자를 사랑한 적이 있었다. 주위의 만류에도 불구하고 안경점을 지나가면 차들이 둥둥 떠다니고 그녀와 안경이 둥둥 떠다녔다. 마스크를 낀 그녀는 중국말이 유창했으며 끊임없이 누구와 말이 통했다. 전화기에서 나온 남자는 중얼거리듯 그녀와 키스를 했으며 그녀는 한참 동안 깔깔거리며 둥둥 떠다녔다. 그녀와 나 사이에서 다리 한쪽이 둥둥 떠다녔다.

막차는 두려움과 설렘 사이에 있다

집나간 당신을 마중 나간 적이 있었다

얼굴은 부어 있었고 알 수 없는 언어로 억울함을 호소하
는 듯했다

다시는 싸울 때면 욕설과 구타를 안 하겠다고 각서를 여
러 번 썼다

머리카락은 동쪽에서 서쪽으로 불고 있었고

깨진 유리창의 파편들이 하늘 어딘가에 날고 있었다

죽어도 그러지 않겠다고 약속을 했지만

유난히 빨간색을 좋아해 빨간 브라와 빨간 팬티와 빨간
우산과

유난히 첫차를 타기 위해 막차를 놓치는 경우가 허다했다

우체통의 비밀을 아는 사람은 존재하지 않았다

생존의 법칙은 더는 궁금증을 유발하지 않았다, 단지

당신의 취미가 뭐냐고 물었다

흥부는 착하다는 것과 놀부는 제비와 상극이라는 사실을
깨닫는데 그리 시간이 필요하지 않았다

뭐, 별다르게 흥부가 되는 것이 취미인 것 같아요
당신의 소원이 뭐냐고 물어봐 주실래요
아니면 당신 자식을 낳아 드릴까요

전기세와 전세방을 전전하던 가을이 혹독하다는 것과
재개발한다는 소문과 삼천에 공사한 천장에서
뱀을 그린 인상파 조폭들이 아파트 벽보에 붙어 있었다
이웃사람은 족제비눈을 하고 고개를 숙이고 하늘을 보고
이무기와 도마뱀이 방 안에 득실거리고

열 살부터 시작되었다
양치질을 하면 한 달에 한 번씩 그날처럼 입에서 피를 토
한다
누구는 치주염이라고 누구는 삼세 번을 안 해서 그렇다고
누구는 결핵이라고 누구는 술독이라고 누구는, 누구는,
누구는
분명히 월경은 입에서부터 시작되었다

언제나 자리는 제자리에 두고 내린다
볼록렌즈에서 세상은 낯선 곳에 있었고
모래사막인지 아닌지 우산을 펼쳐 놓은 듯 느릅나무에 있
었고
수만 개의 생각과 수천 개의 생각이 다른 불안에 있었다

가슴이 답답한 이유는 당신이 돌아온 뒤부터였을까
동쪽에서 빨간불이 켜지고 누구는 왼쪽 심장이 달리고 있
었다
내일이 소원이라며 거짓말처럼 와르르 무너지고
바람이 불지 않았는데 바람이 요란하다
병명은 가을 불안 증후군이었다

사랑 Ⅶ

새끼손가락만큼 걸었던 사랑은 어디에 있을까,
첫눈 내린 날에 보냈던 사랑은 잘 받았는지
첫눈처럼 두근거렸는지

새끼손가락에 걸었던 약속은
첫눈처럼 아직도 보슬보슬 내리는데

아침의 무덤

아침은 인내가 필요하다. 도란도란 마셨던 골목길에서 코스모스가 자라고 어디에 갔다 왔는지 길을 잃은 새끼 두 마리가 전봇대 옆에서 졸고 있다.

아침은 절망이 앞선다. 요란하거나 개인적이거나 끈적이는 열대야를 몰아낸 선풍기는 명랑하게 돈다. 벽에 걸린 달력과 그것을 지탱하는 목줄은 우리 시대의 삼포처럼 어쩌면 '오늘은 안녕하십니다' 말에 거짓말을 등지고 있다.

아침은 다른 구속이다. 앞으로 계속될 전망이라고 더 빠르게 더 먼 곳에서 돌아온다. 어깻죽지에서 피곤과 지하철 손잡이는 즉흥적이라며 나에게 남은 사랑은 문이 열리자 날아가 버린다.

합성어

산복도로는 날개 잃은 포복의 합성어다
날개 한쪽과 다른 날개의 합성어다
날개라는 이름과 외로운 포복의 합성어다
날지 못하는 깃발과 낮은 포복의 합성어다
할머니의 날개와 여섯 살 손자의 합성어다
엄마를 닮은 깃발과 생각을 닮은 합성어다
타종소리와 쪼그린 허수아비의 합성어다
포복하는 포복중인 포복중의 합성어다
외롭다거나 깃발이거나의 합성어다
고향이거나 날개이거나의 합성어다

연극이 끝난 후,

*고도를 기다리며 누구를 기다린다
어느 당신이거나 어느 소나기가 내리는지 알 수가 없으며
그렇지 않으면 당신을 만나려고 그 자리에 있다

서성이는 사물 a와 그림자 c가 단물이 빠진 껌을 씹는다
s는 무대에서 객석으로 몇 번이나 저울질했으며

때로는 냉정하게 때로는 말랑말랑하게
스무 살 m은 주름을 만들고 목소리를 기다리고 있다
바람이 잠잠해지고 구십 분짜리 인생이 없어지고

순간이고 무대는 광야다
정든다는 건
애인을 잃어버린다는 건
한동안 의사 가운과 경찰복과 자전거와 주전자가 있다
지붕이 무너지고 병원이 사라지고
조명 하나는 몸짓
조명 둘은 웃음과 비어질 때

객석에 앉은 s는 멍하게 S가 된다
언제나 그랬듯 다른 인생이 살았다가 죽었다가
S는 다른 인생을 찾아 새벽은 가고 도시는 여전하고

s는 웃음을 잃고 속을 비어내듯 헛구역질이다

* 사뮈엘 베케트의 연극 〈고도를 기다리며〉

손톱

밤이면 손톱이 자라거나
어느 날은 키보다 빨리 자란다며
손톱이 자라는 이유를 물어본 적이 없었다

고백은 어디서 왔는지 감각이 없었고
전화는 부재중이었고 지우는 방법을 배우지 못했다
설사약을 목이 메도록 마셨지만
좀체 감기가 낫지 않는다며
마당이 넓은 공원으로 이사를 가자고 말했다

어느 날은 통째로 버린 날이 있었다
이혼 대신 코를 훌쩍거린 날이 많았고
놀이터에서 그네를 타는 어른이 있었다

절교를 선언한 결혼정보회사는 닫혀 있었다
가능한 한 이야기는 비밀스럽게 비틀거리다가
당신은 평화주의자며
당신은 사실주의자며

노상에서 사과 대신 손톱을 파는 상인이 있었다

당신의 오늘을 팝니다
당신의 지도를 팝니다

노상에서 병풍 대신 발톱을 파는 상인이 있었다

돈 없어 비 해피

낮은 발자국이 뚜벅뚜벅 걸어온다
익숙해진 숨소리가 들리지만

길을 건너 침묵이 오래도록 있었던 자리에
무소식을 묻는 어느 시장의 진주집에서
최종회를 마감하고 고개를 내밀며 기다린다

모자를 바꾸는 것과 오후가 맛있다는 것
담배를 나눠 피던 그와 숨 쉬는 방향이 같다는 것

첫 번째 애인이 두 번째 아들을 좋아한다고
막걸리를 마실 때는 걸쭉한 과메기가 맛있다고

구름처럼 택시는 지나가고

태풍이 지나간 동전노래방에서 당신을 달랜 날보다
눈물을 벌컥 삼킨 날이 많았다고
바람이 불면 걸어서라도 눈꽃여행을 가겠다고

돈 워리 비 해피가 이명처럼 돈 없어 비 해피로 들린다

제 2 부

곰탕

길모퉁이와 모서리는 세월이 지나면 부드러워지는 습성이
있다

어릴 적 유난히 책상 모서리가 싫어 닳도록 비빈 적이 있
었다

그럴수록 보름달처럼 변해 가는 심장소리를 들은 적이 있
었다

부엌에 쪼그리고 앉은 당신은 부드러워질 때까지 날을 지
새운 적이 있었다

항상 뒷자리가 편안하다고 앉아 있던 당신은

뼈다귀에서 맛있는 것은 뼈 사이라며 부드러워질 때까지
먹은 적이 있었다

밑바닥부터 걸쭉해지는 것이 당신을 많이 닮아서일까

몇 시간 지나 푹 잤다는 당신은 벚꽃 눈물을 흘리는 사월,
뜨거운 김에 눈물을 훔친 적이 있었다

어둠과 익숙해지는 y

언제쯤이면 이 어둠에 익숙해질까
y는 일요일이면 바다소극장에 간다
롱펠로우 f와 릴케 z와 푸시킨 t를 만난다

t는 날마다 하수관을 뚫는 삼류 배우고
z는 도화지에 사과와 접시를 그리는 몽상가고
f는 밤도둑을 가장한 밤무대 가수고
실패한 그들은 대못처럼 무대에 박혀 있다

샌드위치 세 조각과 우유 반 컵과 바나나
누구에게 보냈던 메모지 반쪽이
저녁이면 아프기 시작한다

z는 잘나가는 억만장자
f는 잭팟의 달인
t는 부동산의 마이다스 손

롱펠로우를 만나고 릴케를 사랑하고

푸시킨을 질투한다

어둠이 익숙해질 여덟 시,
늙은 창녀는 꽃무늬 치마를 주섬주섬 입는다

무대는 파도가 치듯 자리를 비우고
사랑이 끝나면 멈췄던 비가 내리기 시작한다
언제부터 y는 어둠에 익숙해져 있었다

양말의 내력

양말은 아내의 잔소리에서 시작이다
지난밤에 굳어버린 속살처럼
고물고물 올라오는 생각을 녹이는 그것이다
달빛은 누구에게나 공평하다고
딱딱해진 발바닥을 녹이는 그것이다
대낮에 쓸쓸한 아스팔트를 지나
폐점을 기다리는 조개구이집을 지나
앉은뱅이처럼 납작하게 있는 그것이다
신데렐라처럼 더 예뻐지는 열두 시에
오목거울을 살까,
그것은 아내가 남이 아니고 내 편이라고
빈속에 해장술을 뜨끈하게 하는 그것이다
한 겹
두 겹
바람이 빠져나가는 다섯 발가락이 그것이다
비린내가 진동하는 대문을 열고
묵은지가 끓고 있는 아랫목에서
아내의 잔소리를 읽는 그것이다

얼굴이 붉어야 한다는 속설

내 생활의 일부라고 당신은
한때 영하로 내려가면 표독스러운 말투와 당신과 일부
라고
딱딱하거나 시장 바구니가 무거워지는 일부라고

징글벨 징글벨 산타가 갔다가 왔는지
액자 속 벙어리 양말은 주유권과 상품권을 기대하고
잠이 든 어느 봄날처럼 기대하고

사춘기는 얼굴이 붉어야 한다는 속설에서
사랑은 이별과 아플 거라던 애인에게

하염없이 웃다가 하염없이 걷다가 하염없이 울다가
안녕이라는 연습이 편하다는 것을 아는 순간부터였다

첫,

　기차가 떠나고 보고 싶은 단어를 쓸 수 있을까
　슬픔역을 지나 고독역을 지나 다음 역에서 찾을 수 있을
까. 이 밤이 가기 전에 나를 기다리고 있을까

　당신과 유일하게 했던 대화와 스물아홉 눈물에서

　빼곡히 적힌 달력을 지나 한동안 아팠던 골목길을 지나
천천히 걸어오고 있을까. 언제나 그랬듯 그 자리에 있을까
　사랑은 언제쯤 오고 있을까
　숨바꼭질하듯 왼쪽에 숨어 있을까

　언젠가 밤새 앓았던 열병처럼
　언젠가 날씨와 웃음이 궁금해지면
　마지막 보았던 연극에서 아니면 우체통에 남겨진 먼지에서
　그렇게 달빛과 걸었던 갈대밭에서 등 돌린 당신의 얼굴을
그릴 수 있을까

　천둥과 봄이 온다며

비온 뒤 떨어지는 꽃잎이 궁금해진 날,

어깨를 나란히 했던 어느 빛바랜 사진에서
노을빛 얼굴이 붉어질 때까지 강둑에서 기다리리라
고백역을 지나 소망역을 지나 지도에 없는 첫사랑이 되어
오고 있을까

반창고

숨바꼭질하듯 풀리지 않는 약속이었다는 것을
그때는 왜 몰랐을까
밤새 지웠다 쓴 누군가의 숙제가 있었고
한동안 만날 수 없는 구름다리가 있었고
한 달이 지나 달력에 당신이 있었다는 것을
그때는 왜 몰랐을까
메아리가 되어 버린 손짓이었다는 것을
당신이 사라질 때까지 꼼짝할 수 없는 이유를
당신이 피보다 진하다는 사실을
그때는 왜 몰랐을까
눈이 내리고 진달래가 피는 이유를
그때는 왜 몰랐을까
그 속을 아는 사람은 없었고
눈물대신 이별을 말하지 않는다는 것을
수없이 많은 밤과 수없이 들었던 자장가를
그때는 왜 몰랐을까
뻘건 대낮에 소나기가 우두둑 내릴 때
몇 번의 후회와 몇 번의 고백을 되풀이했지만

쉽게 마음을 내놓지 않는다는 것을
그때는 왜 몰랐을까
신발을 벗으면 하루가 저문다는 것을
다시 새살이 돋는다는 것을
그때는 왜 몰랐을까

당신의 목소리를 두고 왔다

십년 만에 첫눈이 내린다고 했다
어쩌다 정오의 풍경은 사라지고
대본이 없는 문장처럼 내리는 기억을 줍는다
술을 마시고 얼굴이 빨개지는 이유는
당신이 노동을 몰라서 그렇다고 했다
공정하고 투명한 대답은 부메랑이 되어 돌아온다고
결혼은 이혼과 반비례적이라고 문자가 온다
주먹밥은 중력을 이기지 못하고 얼어 있다
주먹밥은 맹세를 이기지 못하고 얼어 있다
반송된 편지에서 이번 주말은 사라진 눈이라고
그럴 의도는 없었다고 눈 밖으로 나오지 않았다
이따금 까치 두어 마리가 지붕에 앉았다 날아간다
동백은 한때 좌절과 열정에서 자란다고 했다
당신의 목소리를 두고 온 계절은 지났다고 했다
새로 산 구두는 세월의 무게라는 문수를 새기고
소설가가 꿈이었다던 옆집 여자는
영혼이 따라오지 못했다는 이유로
감이 익기도 전에 하늘나라로 떠났다고 한다

원래부터 구름이 되겠다고 했다는데
당신과 밥상은 오십년 전 세월을 두고 있었다

나는 공기입니다

당신은 연애를 해 본 적이 있나요
당신은 오른손이 따뜻해요
당신이 가져간 어제는 괜찮나요
땡초를 넣고 국수를 말거나
베개를 얼굴에 묻고 펑펑 울거나
묵찌빠, 묵찌빠, 묵찌빠
등을 내어 주세요
눈물이 촉촉한 빵을 먹은 적이 있나요
당신은 객관적이거나
당신은 사색적이거나
당신의 얼굴이 궁금할까요
다음에 만날까요
만날 수가 있을까요
사실은요, 심장이 덜컥거려요
사실, 나는요
나는요, 당신이 궁금했던 어제이고요
나는요, 당신이 기다린 눈물일 거예요

사랑 Ⅲ

저 바다를 좀 봐
내 마음이야
저렇게 넓은 고백 봤어

소멸의 증거

몸에서 쓰다 남은 기억을 끄집어낸다

걸으면서 할 일은 소멸의 증거라고
말을 기억하는 것은 생각이 아니고 단어에서 찾았다
그때는 무슨 말이었고
이기지 못하는 것이 눈꺼풀이라고 기억에서 들었다

불이 났던 집을 지나간 적이 있었다
내복 속으로 숭숭 바람이 들어오는 날이면
흙먼지와 목소리를 듣거나 들은 적이 있었다
그것이 보름달인 줄 알았다

고봉밥을 게 눈 감추듯 먹은 적이 있었다
한오백년을 부르다 아궁이 옆에 잔 적이 있었다
그런 당신을 기다린 적이 있었다

역전 휴게실 구석에서 후후 불어가며 먹던
마흔아홉의 가장처럼

말 못할 고백은 아련한 기적소리처럼

몸에서 흐르는 동맥과 당신의 기억에서 숨어 있었다

복권을 긁으며

저녁 무렵이면
목이 답답하거나 허전하거나
아랫도리가 통증이 심해지면
습관적으로 복권을 긁는다

돌아온 당신처럼
배가 출출할 때 복권을 긁는다

체납기간이 다가올수록
밥상에
책상에
지갑에
복권을 긁는 소리가 요란하다

두 눈에 반한 애인을 찾아가듯
숫자 하나와 하나에
뜨거운 포옹과 고민을 더하고

떨어지듯 끝자락을 부여잡은
밤은

희망이 찰나가 되고
피가 터지거나 배가 아프거나
그런 밤이다

바세린 로션

다시 겨울이 오면 갈라진 틈으로 엄마가 들어온다. 그러면 발뒤꿈치가 아프기 시작하고 마루 귀퉁이에 엄마가 앉아 있다. 엄마가 그리울수록 빨리 트는 이유일까. 그런 날이면 엄마가 발바닥에서 나온다. 그리움이 커지는 만큼 바닥은 쉽게 보이는 법. 엄마를 깊숙한 곳에서 바른다. 동지와 가깝다는 것은 떠나버린 아쉬움 때문일 것이다. 고드름이 단단해지고 벌써 두 통째다. 언제쯤 밑바닥에서 겨울이 사라질까. 언제쯤 겨울이 올까. 추억은 왜곡되지 않는다는 말이 생각나겠지. 문득문득 생각나겠지. 그날은 엄마를 열심히 바르고 있겠지.

사나흘 발랐으면 하는 날
그래서 그리운 엄마가 오겠지.

희망사항

일곱 살에 어디였다

마당에서 가까운 파도가 있었고
금방이라도 건넛방에서 바다를 볼 수 있었다

서툰 언어가 일기장에 출렁이고 있었다
어떤 날은 파도가 익숙한 날이 있었다

소라에서 바다를 보거나 뱃고동소리를 듣거나

한동안 돌탑에 만선을 달지 않았고
바다에서 고개를 보이지 않았고

술을 마시고 술버릇처럼
바다가 육지라면 바다가 육지라면 울지 않았고

품바 장단에 맞춰 저승꽃이 듬성듬성해지고
흑백사진처럼 당신이 등대인 줄 알았다

끝나지 않은 싸움

달력에 숫자와 생일이 없다
몰래 동그라미를 두 번과 다섯 번을 그렸는데
숫자와 동그라미가 없다

자는 척
시치미를 떼는 척
잠꼬대에서 드르렁 드르렁거린다

티브이를 보고 가짜뉴스가 들린다고 볼륨을 높이고
얼굴이 없다고 난리다

선풍기는 돌아가고 부채는 어디서 찾고
안경을 앞에 두고 안 보인다고 난리다

한동안 비가 내리고 라면은 끓고 있고
젓가락을 어디서 찾고 김치가 없다고

냄새를 찾아 도둑놈처럼 동그라미를 그리고

사정없이 냄새를 남기고 바닥이 빈 그릇이다

냉장고에 두었던 자존심을 버려야 하나, 말아야 하나

당신은 운명이잖아요

당신은 무엇이었나요
당신은 말을 할 수 없고
아이처럼 하루를 누워 있었고
당신이 일어난다고 믿어요
당신의 가지에서
당신의 뿌리에서 운명을 믿어요
별이 빛나요
당신은 몰라서 모른다고 하네요
나는 믿어요
우리는 나무잖아요
우리는 운명이잖아요
우리는 당신이잖아요
괜찮아요
당신은 당신 가까이 있어요
사람 중에 당신과 운명이잖아요
당신과 나는 당신이잖아요

화요일

질문은 없었고 외부차량은 주차금지다
미세먼지가 유익한 대화에서 불필요한 존재가 되었다

까치고개에서 까치가 사라진 다음 날이었고
그날은 외출금지라는 팻말이 충치처럼 꽂혀 있었고

동네 사람들은 쉬쉬하면서 벽산아파트를 지나
그들은 얼굴을 붉히면 싸우기 사작했다

파란 지붕이 어울리는 펭귄이 사는 나라로 가겠다고

아내는 다른 아내가 있다고 말했다
첫째가 태어난 날이고 첫째가 배가 부르기 시작한 날이
었다

지금은 우울하십니까

노래를 부르다 가사가 지워졌다
된장찌개가 끓고 있었고
결혼반지를 끼고 석류를 까먹고 있었다
석류가 붉다는 사실을 안 지 오래되지 않았다
부엌의 전등은 깜빡거렸고
우산은 비에 젖어 말라 있었다
안방은 청소기를 돌리다 말았고
황태포를 안주 삼아 말아 먹고 있었다
키높이 구두는
위약금 할부 용지는
조물조물 버무린 돼지꿈이 자라고 있었다
퉁퉁 부은 손을 생각하다가
빨래를 돌리는 뒷모습을 생각하다가
개성만두 일 인분과 찐빵을 호주머니에 넣고
버스를 타는 내내
서리가 끼듯 유리창에 이슬이 맺혀 있었다

제 3 부

혼자 보는 날씨

우두커니
앉았다가 일어났다가
꼬르륵꼬르륵 부엌에 시선이 갔다가

걸어 다니는 사전을 본 적이 있나요
걸어 다니는 무지개를 본 적이 있나요

집이 없어진다면 슬퍼지겠지
책장 틈에 낀 먼지처럼

퇴근하고
혼자 누워서 천장을 보다가
전화기와 혼잣말에 익숙해지겠지
그러면 눈이 빠지게
수돗물 소리가 반가워질 거야

둘과 혼자되는 것
문이 열리고 한동안 손잡이가 뜨끈해지겠지

가을

호호 불면 날아갈까
달아날까 무서워
살금살금
뒷걸음치는 도둑고양이

샤워를 하고

오십은 몸에서 어디쯤일까
걷기가 편안하다는 사실은 그다지 중요하지 않았다
뱃살이 나올 때 솜사탕을 먹는 것은 취미가 아니었고
어둠과 밝음의 경계에서 샤워를 한다
우울한 날씨와 타인과의 대화를 씻는다
아침에 읽었던 교통체증을 씻는다
이별의 별곡을 보고 눈물을 씻는다
칭찬이 몸에 좋다는 이유를 알았지만
밥을 먹고 한 달 동안 굶은 적이 있었다
누군가에게 두근거리는 것은
누군가에게 갈피를 못 잡고 천둥치기 때문이다
한 끼의 김밥과 다발성 일기예보와
어딘가에 있을 고독과 고민에서 후회를 씻는다
당신과 당신이 슬픈 까닭은
한동안 미역국과 한동안 비빔밥에서
많은 이름과 오해가 하수구로 빠져나가는 것이다

냉장고에 물고기가 산다

대신 먹은 아침밥은 더부룩하며
소화제를 밥 먹듯이
반성문 몇 장을 달고 다닌다

세 번째
서랍에 넣어 두었던
환영 받지 못한

파프리카와 진부해진 달콤한 생각들
먹다 남은 당신과
숙성된 이름과 먹다 버린 두 줄의 사과가 있다

철이 지나
파란에서 초록에서 노란 딸기에서
노란 머리가 자라고
검은 달걀이 뛰어 다니고

동해에서 잡았다는 유령은

노릇노릇

속을 비워야 속이 아프다는 것

세 번째

우려먹은 배추와 일과 삼분의 식탁에서

심장이 없고 감정이 없고

더부룩한지 계속 헛기침이다

가물가물

가물가물 비가 내려요

슬픔이 의자 뒤에 숨거나
슬픔이 사진 뒤에 숨거나

가물가물 슬픔이 울어요
가물가물 슬픔이 없어요

가물가물은 달팽이의 노래
가물가물은 바람을 가르는 시소

슬픔이 무릎 뒤에 있거나
슬픔이 모자 뒤에 있거나

가물가물은 슬퍼요
가물가물은 아파요

가물가물할 때

가물가물할 때

권태기
-누구는 누구와 풀리지 않는 숙제

누구는 모로 가도 서울만 가면 된다고 하고
누구는 날씨와 어울리는 오늘의 요리를 주문하고
누구는 역전 공터에서 허기와 무료급식에 줄을 서고
누구는 몰랑한 어깨를 매만지며 발끝에서 주무르고
누구는 뭉친 근육에 독이 차올라 파스를 두르고
누구는 팽팽한 피부에 보습이 풍부한 샵에 가고
누구는 얼굴을 가린 채 땡볕과 미지근한 물을 마시고
누구는 벤츠에 비엠W를 자랑하듯 신호를 무시하고
누구는 사람과 고함에 성난 발걸음을 재촉하고
누구는 삼십 년된 발렌타인을 물 마시듯 건배를 하고
누구는 오백원짜리 오뎅과 잔술에 취하고
누구는 노래와 박자가 맞는 마이크를 잡고
누구는 목젖이 퉁퉁 붓거나 고성방가가 있고
누구는 스르르 잠이 온다는 꿀잠이 있고
누구는 등골이 시리도록 차가운 새우잠이 있고
누구는 누구와 코를 고는 방향과 오른손이 같고
누구는 당신이고 누구는 당신일 것이고
누구는 언어라고 누구는 말이라고 하고

누구는 눈물이라고 충혈이 된 사랑이라 말하고

어둠의 무게

밤눈이 어두운 소쩍새가 산다
숨어 있는 보금자리에서
수리수리 마수리 수리부엉이가
종려나무 야생동물원이
자연의 복사물처럼
오래된 책방처럼
초저녁의 무게를 견디며 산다
어둠과 빛의 합은 얼마일까,
어둠의 무게는 오 그램
빛의 그림자는 마이너스 오 그램
밤하늘은 곡선의 미꾸라지
밤하늘은 바다의 천국
태풍의 고요는 언제쯤 고요해질까

家和萬事成

해가 뜨면 휴전선보다 더한 것이 포진한다
당신은 큰방에서 나는 주방에서
침묵을 그어놓고 차가운 시락국을 먹는다
입맛이 없다고 눈치코치를 해도 요지부동이다
오늘의 운세를 보고는
원숭이띠는 길을 잘 찾아가라는 말보다
길조심 하라는 노모의 당부를 잊고 정신을 차린다
'그래, 무소식이 도와주는 거야'
고개를 돌리고 등을 돌리고 생각을 돌리고
말 못한 시간이 아깝다며 손을 내밀지 않는다
그러다 전화벨이 울리고 밥투정을 하듯 손이 간다
"밥은 챙겨 먹고 다니나. 너 집사람 좀 바꿔봐라"
"아, 예. 여기 전화 받아봐라"
"누군데요"
"와서 받아보면 알 것 아이가"
언제나 그날처럼 속이 뚫리는 저녁이다

다음 역은 식물원

천국으로 가는 역은 중간에 있다
그들은 강둑에서 대화를 하고
포장이 된 오리발로 걸어 다닌다
거북이가 날아다니고 도깨비가 탈춤을 춘다
거짓말을 잘하는 원앙새와
말이 많은 독백은 공놀이에 열중이다
지구의 나이는
장마의 연속은
정답입니다, 정답
지구의 나이는 올빼미
장마의 연속은 멧돼지
다음 역은 어디서 무엇을 할까요,
키가 큰 나무가 거짓의 역사라고 말한다
계곡을 지나 구경꾼을 지나
귀에 걸면 백합
코에 걸면 강아지 코끼리

그들이 사는 역은

등대지기

설록차에 향기가 나지 않는다는 건
손을 비비고 신호가 멈추면 건널 수 있다는 건

지도에 부글부글이라는 도시가 없다

파인애플을 먹다가 삼다수를 마시다가
그러다가 바이올린이나 피아노를 연주하거나

연애는 초인종과 무슨 맛일까요
안경은 삼백육십사일
호두까기 인형을 보다가 부글부글 지도를 찾는다

멍게

거리에서 바다를 보았다
어떤 아주머니는
싱싱한 멍게를 건져 올리고 있었다

다섯 손가락

일남 사녀
첫째는 벽돌
둘째는 사다리
셋째는 장갑
넷째는 안전모
다섯째는 망치
그들은 어디서 왔을까

얼음 속 사람들

얼음 속은 주소가 없다

안부를 묻는 사람과
동화책과 말씨름하는 사람

아마도 외계인은 알지도 몰라
비행기가 떠다니고 잠수함이 날아다닐지도 몰라

눈보라 씨를 아세요
밤이슬 씨는 어디서 찾을까요
오른쪽이 부서지는 소리가 들린다

엽서를 기다리는 소년처럼
좁다란 퇴근길 주소를 찾는다

발걸음이 요란하게 박수를 치는 박수번지
벌써 둥근 얼굴과 네모난 얼굴이 되어 있다

구름과자를 든 하얀 손은 구름번지
바삭해진 박수번지를 지나
구름번지를 지나

얼음하세요, 꽁꽁 얼어버린 얼음 속 사람들

보드게임

속을 알 수가 없었고
살아보지 않은 내일처럼

바람이 불었고
천둥이 치고 어디서 우박이 내리고
여전히 알 수가 없었다

말을 배우지 않은 아이는
자기가 할 말을 잃어버린 것처럼

당신은 오늘의 당신이 될 수가 없다고
여전히 바람과 여전히 그랬다
어제는 그랬다

눈이 멀기 시작한 날이고
입술이 없어진 날이고 가끔은 어디에 있었다

가끔은 작은 구멍이 얼기 시작했고

여전히 벨은 울리지 않았고
여전히 당신은 속을 알 수가 없었다

살구꽃 노래

살구 살구 살구꽃
보리밥 쌀밥 살구 한 잎이 떨어지면
봄 봄 봄
뚜벅 뚜벅
살랑 살랑
기지개가 빨주노초 하품 큰 하품
두 잎은 보리밥
세 잎은 보리밥 쌀밥
파릇 파릇
지붕이 와르르 와르르
살구꽃 다섯 잎은 살구 봄 봄 봄 살구
열 한 시 땡 열 다섯 시 땡땡 땡그랑
개구리가 굴개굴개
삼각형 연못에서 파남보 빨주노초
하늘에서 떨어진 뜻밖의 무지개
와장 창 창
꽝 꽝 꽝
우르르

봄이 오는 소리

계절의 이유

이 계절이 시가 되는 이유를 모르겠다

당신이 시가 되는 이유를
낙엽이 된 당신이 시가 되는 이유를
이유와 계절이 가로등에 있을지도 모르겠다

밤 고양이의 눈물을 본 적이 있었던가
밤 고양이의 울음소리를 들은 적이 있었던가

이 계절이 또한
밤 고양이처럼 외롭다거나
플라타너스의 나락처럼 쓸쓸하다거나
이유를 감당하기에는 이 계절이 힘든 이유다

어둠이 몰려오면 왜 이렇게 가슴이 두근거릴까
어둠의 불빛이 왜 이렇게 멀게 느껴질까
이 계절이 감당하기 힘든 이유다

이 계절은 시처럼 왜 이리 톡톡거릴까
이 계절의 이유를 모르겠다

제 4 부

알리바이

대낮에 숨어 있던 모음과 자음이 촛불을 켜자 어둠에서
나온다. 시집 하나와 먼지 둘과 목소리 셋이 숨죽이며 스멀
스멀 나온다. 의자 밑의 그림자 다섯과 책상 일곱 사이에서
그리고는 그리고와 그러나 사이에서 숨었다 나온다. 방바닥
은 온통 불빛 투성이다.

지나가는 사람들

이층집 작은 베란다에 앉아 사람들이 지나간다
기다리는 사람들이 지나가고
남자를 기다리는 여자가 걸어간다
얼굴을 보지 않고 앞을 보는 남자가 걸어가고
지나가는 양복점에서 친절과 여자가 걸어간다
지나가는 사람과 다른 사람들이 버스를 기다리고
바람맞은 사람과 지나가는 사람들이 버스를 기다린다
중립적인 남자와 보수적인 여자가 지나가고
기다리는 사람들이 담배를 물고 지나간다
개 같다고 걸어가는 사람들이 전화를 받고 지나간다
지나가는 여자는 해바라기
기다리는 남자는 초승달
지나가는 사람과 얼굴을 보는 사람들이 걸어간다
오늘은 아령을 들고 어깨가 빠졌어요
오늘은 바벨이 무겁다고 내려와요
사랑과 전쟁이 지나가고 기다리는 사람들이 지나간다
딱딱해진 아홉 시가 지나가고 사람들이 지나간다

식어버린 국수는 바닥이 슬프다

거울을 쓰다가 거울을 지운다

거울 속의 나는 거울 밖으로 나와
수레가 요란하다는 간이역 우체국에 간다

백만 송이 장미는

오작교를 지나 새봄 요양병원을 지나
풀리지 않는 방정식처럼
풀리지 않는 자물쇠처럼

커피와 밀가루를 사들고 미래약국을 지나
인력시장을 지나 다세대주택을 지나

거울에서 나온 나는 거울 속으로 간다
트럭은 세발로 달리고
거울 속의 나는 거울 밖으로 간다

이혼선언서

당신은 이별을 말하려고 합니다.
일주일에 다섯 번째 똑같은 말투다
당신과 눈이 마주치는 순간이 싫다고
같은 숟가락과 같은 얼굴이 싫다고
당신은 카레를 좋아하고
당신은 짬뽕을 좋아하고
십 년째 입맛은 변하지 않는다고
나는 당신께 이별을 말하려고 합니다.
커피를 마시지만 맛이 다른 날이 있듯이
한 번쯤은 우리 이혼해
다시, 한 번쯤은 너하고 이혼해
매일하는 양치질처럼
때로는 싱겁게
때로는 아주 맵게
당신은 이별을 말하려고 합니다.
이렇게 밥 먹듯이 쉬울 줄이야
십 년째 변하지 않는 이혼장을 내민다
당신은 버스를 타고

나는 지하철을 타고
먹기 좋게 썬 돼지 고깃집에서
당신은 된장에
나는 고추장에
질근질근 씹어 먹는다
한 번쯤은 나는 된장에
당신은 고추장에 먹는다면
한 번쯤은 이혼의 반쯤 해줄까, 말까
나는 당신께 이별을 말하려고 합니다.

다락방

장독대에 숨을까
시속 백 킬로에 숨을까

가위, 바위, 보

느티나무에 숨었는지
겨울잠바에 숨었는지

보물쪽지를 찾았을까
열다섯 살을 찾았을까

다시 숨을까

가위, 바위, 보

오늘과 하루

하루가 멀다는 생각과 오늘을 생각한다
하루를 견디다가 받지 않는 전화를 찾는다

오늘은 잘 보내고 하루는 괜찮았나요

신문을 보다가 다른 세상에서 이력서를 쓴다
내가 사라지는 세상과 부질없이 내일을 생각하다가
하루와 남은 오늘을 견디며 자장면을 비빈다

얼마쯤 지나면 종점이 올까,
몇 사람을 만나고 몇 번의 침묵이 흘러야 하는지

두더지처럼 이불을 덮고
어제와 하루가 잘 있었나요, 그러면 그럼요
오늘과 다른 오늘이 고개를 들고 들어오겠지

하하 호호, 다른 오늘은 어떻게 견디지, 어떻게

다른 여자

그 여자는 다른 여자다

비빔밥을 좋아하는 그 여자는
한 번도 비빔밥을 먹어 본 적이 없다고 했다

화장을 좋아하는 그 여자는
한 번도 화장을 해 본 적이 없다고 했다

커피를 좋아하는 그 여자는
한 번도 커피를 마셔 본 적이 없다고 했다

그 여자는 비빔밥을 먹다가 하늘을 본 적이 없다고
그 여자는 화장을 하다가 노래를 부른 적이 없다고
그 여자는 커피를 마시다가 잠을 잔 적이 없다고

그 여자는 비빔밥을 다른 여자라고 말했다
그 여자는 화장을 다른 여자라고 말했다
그 여자는 커피를 다른 여자라고 말했다

다른 여자는 그 여자라고 말했다

어쩌다 당신을,

이십 오층 옥상에서 달빛을 타고 내려다봐요
밤마다 수수께끼를 푸는 항아리가 살아요
누가요, 누가 산다고요, 누군가 잘 살고 있어요
등이 가려워요
손바닥이
발바닥이
사타구니가
라디오에서 유성이 쏟아져요
무의식적으로요
어쩌다 어쩌다가 내 무릎에 앉아요
지금요, 하늘은요
하늘이 좋아하는 색은 무엇일까요
마감뉴스를 듣다가 당신과 삼백팔 호에 살아요
밤마다 참깨가 모락모락 올라오는 집이거든요
당신이 만든 북두칠성이 걸어 다녀요
어쩌다 당신을 만났을까요
어쩌다 당신을
어쩌다

어쩌다

궁금증

대문을 나서는 순간
무서운 병이라는데
당신의 호흡이
당신의 발가락이
궁금증은
고칠 수 없는 부적 같은 것
당신의 수첩이
당신의 타고난 잠버릇이
당신의 사월이
궁금증은
머리꼭대기에서 약이 오른 독사처럼
대문을 나서는 순간
혓바닥이 날름거린다

출근하는 시간

출근하는 시간에 나는 스타벅스에 간다. 출근하는 시간에 나는 에스프레소를 마시거나 묵념을 하거나 자판을 두드린다. 출근하는 시간에 나는 머리가 엉망이거나 자란 수염 때문이거나 출근에 관한 악몽이거나 그런 상상은 없었다. 영하의 날씨에 춘곤증을 참거나 바람을 피우거나 출근하는 시간에 나는 스타벅스에 간다. 한 시간째 알사탕을 빨며 머리를 식히거나 변기통에 앉았다가 시계를 본다. 저녁이 오면 행간은 어떤 맛일까, 시간에 맞춰 두통약을 먹거나 건조하게 통화를 하거나 애인이 옆에 있거나 출근하는 시간에 나는 스타벅스에 간다.

굿모닝입니다

당신에게 심장을 못 줘,
침대에 누워 식탁과 나란히 앉은 흔들의자를 생각했어

하얀 구두와 출입문 쪽으로 걸어가면
커튼이 없어요, 일정하게 호흡이 없어요
환상 교향곡이 흐르고 긴장하는 사내가 뛰어가요
두꺼운 민소매를 입은
욕망과 어울리지 않은 조명과
안경을 낀 늙은 노인이

죽지 못해 안달하는 처녀가
단발머리 소녀가
웃음을 잃은 그녀가, 숨소리가 들리지 않아요
음악이 들리지 않아요, 어서요, 어서

가끔은 이런 생각을 할 때가 있었다

신신파스를 누르고 있었다
동공을 타고 허리 반대편에서
걷는다는 것이 힘든 적이 있었다
가끔은
미인다방에서 기다리고 있었다
이런 생각에 하늘을 본 적이 있었다
첫사랑을 지우고 찾은 적이 있었다
하루가 지나고
하루가 지나가고
견우와 직녀를 생각하다가
잃어버린 나에게 전화를 한 적이 있었다
잘
잘, 살고 있는 거지
불면증 때문만은 아니었어
열두 번째 악몽에 시달리고 있었다
가끔은 강을 건너고 있었다
가끔은 말이야,
내가 되는 꿈을 꾼 적이 있었다

내일의 운세

지금까지 걸었던 야채시장 골목에서
삼거리 팔도실비집은 고전처럼 남는다

그만하면 색시하거나 반질했으며
또한 그렇게,

비가 내리는 정류장은 우산에 젖었을까

길을 가다가 웅덩이에 빠지거나
삼거리에서 발을 동동 구르거나
현기증과 졸음이 심해지면 운명산부인과에 간다

때로는 관절염과 방치해 둔 치통이라는
거리의 지문들

앞서간 사람을 지우며 지문을 지운다

상갓집은 기억을 지울 수 있어 좋다고

밑창이 닳을수록 오늘을 알 수 있다고

잘 쓰진 글씨처럼 세상을 떠난 얼굴이다

금요일 저녁은 안녕하신가요

그러다 사람이 지나가면 멋쩍은 악수를 하거나
멋쩍은 안부를 묻는다

당신의 옥상에 걸린 액자는 언제 가져갈까요
당신의 두 번째 부인은 안녕하신가요
당신의 실직 소식을 반갑게 들었어요
이제 그만 손을 놓아 주세요

음복을 하듯 식수대에서 묵은 때가 나온다
목도리를 칭칭 감고 눈이 보이게 걷는다

저기요, 도를 믿어 보세요
당신 얼굴에서 마귀가 보여요
아홉 마리가 붙어 살아요
아니요, 당신은 일곱 마리라고 했어요

귀신에 홀린 듯 걷다가 맨홀에 빠진다
행복치과를 보거나 아랫니가 아픈 이유는 무엇일까,

화목 아파트는 금요일 저녁에 뭐 하세요

어깨동무

나란히 나란히 어깨를 낮추세요

하늘 위는 어떤가요
고개를 들 수가 없잖아요

화장실이 급해요
갑자기 지구가 무거워요
두 그릇과 생수를 두 모금 했어요

전화가 오네요, 누굴까요
제발 어깨를 낮추세요
계속해서 배가 아프잖아요

허리는 이 인치가 늘었어요
밥을 먹고 신발이 안 들어가요
살이 발로 가나 봐요

관상을 잘 보세요

계속해서 머리가 자라요
아직은 머리카락이 움직이지 않아요

벼랑 끝은 안전한가요
키는 언제쯤 자랄까요

잃어버렸다

순간이었고
이유 없이 길을 걷다가 생각을 놓쳤다
오 분마다 만났던 사람은 보이지 않았으며
신호등에서 감각을 잃었다
모자를 쓴 둘과 안경을 쓴 셋은 빠져나가고
오 분마다 발걸음은 간격이 있었다
cctv는 오 분이었다
갔던 자리는 풀이 자라고 있었고
오 분마다 벨은 울리지 않았다
오 분마다 사람의 얼굴은 일정했으며
작년에 생각한 까닭은 이유를 묻지 않았다
오 분마다 장미꽃이 팔랑거리고
도넛은 통통하기에 알맞은 한시 오 분,
복권방에서 오뎅이 팔팔 끓고 있었다
도수에 맞지 않는 거리를 보다가
희미하게 들리는 무음과 진동
잡힐 듯이 뛰고 있었지만
여기가 저기 같고

저기가 여기 같은

전원이 꺼져 있었고 정신을 잃었다

오 분마다 친구가 눈에 밟히기 시작했다

약간은 더 솔직했을 때

지금에서 약간 더 솔직했을 때
예를 들어 스물한 살 때
이야기하는 반딧불이를 볼 수 있을까
그때 남겨 둔 꿈을 찾을 수 있을까
지금에서 조금은 열일곱 살 때
잃어버린 사하라 사막을 만날 수 있을까
언덕 너머 하숙집을 찾을 수 있을까
그녀와 가슴앓이를 그곳에 두고 왔을까
지금에서 조금 더 어렸을 때
조금은 아마 서른한 살 때
흔들리는 갈대를 찾을 수 있을까
지금에서 조금 더 착했을 때
지금에서 조금 더 외로울 때
트럭 밑에 검은 고양이는 웅크리고 있을까

해설

'당신'이라는 이름의 기호
-서화성 시의 세계

정훈(문학평론가)

1. '당신'의 의미

서화성의 시는 표백된 옷감처럼 삶의 얼룩들이 지워져 있다. 시인이 시에서 생활인의 감정과 사연들을 시로 형상화하는 데 공력을 들이지 않아 보여서가 아니다. 오히려 건조하면서도 명쾌한 시적 진술로써 삶의 비애를 씻은 듯해서이다. 달리 말하면 서화성은 시를 창작함으로써 거대한 현실의 무게를 덜어낸다. 그는 시인이기에 삶을 비로소 관조할 수가 있다. 이러한 시인의 자의식은 여느 시인에게 공통으로 적용된다. 다만 이번 시집을 훑으면서 발견한 점은 서화성의 경우 몸으로 느끼는 현실의 질감을 온전하고 순수하게 맘껏 수용하되, 시인의 눈에 포착된 이미지와 언어로 재편집하는 포즈다. 이 포즈에 서화성 시의 한 특징이 놓여 있다면 아마도 우리는 개성을 갖춘 또 하나의 모더니스트 시인을 찾은 셈이 될 것이다.

시에서 시인이 이미지와 언어를 자신의 시각으로 '잡아낸다는' 말은 유동적이고 살아 꿈틀대는 대상과 풍경을 고정된 프레임으로 가둔다는 뜻이다. 이것이 시인이 시를 쓰면서 체득한 자신만의 개성이자 특징이다. 시인마다 제각기 다양한 테크닉을 사용한다는 사실은 불문가지다. 서화성의 테크닉은 객관적 상관물과 어법에서 드러난다. 객관적 상관물이 시인의 시적 의도와 메시지를 상징적이고 함축적으로 보여주는 매개라면, 어법은 그러한 매개물이 시에서 원활하게 환기할 수 있도록 기능한다. 서화성의 시는 그가 의도했든 의도하지 않았든 이 두 가지가 마치 톱니바퀴처럼 잘 맞물려 있다. 시인의 시를 유심히 살펴보면, 거의 모든 작품이 거대한 언어의 집에서 다양한 모자이크를 예리한 칼날로 도려내어 하나씩 떼어내 붙인 것처럼, 어떤 전체적이고 통일적인 세계를 추측하게끔 한다. 물론 그 세계는 시인이 몸담고 있는 상징계의 현실이자, 시인이 온몸으로 퍼즐을 맞추려 애쓰는 실재계다. 이런 전체적인 세계가 시의 뒤편에 산맥처럼 우뚝 버티고 있다. 우리는 이를 두고 현실이라고 쉽게 말하지만 실상은 현상학에서 말하는 '생활세계'에 가깝다고 보면 된다.

서화성의 시가 생활세계에서 떨어져 나온 언어의 조각들이면서 메시지를 함축한 이미지와 어법의 구성물이라는 사실을 염두에 둘 때 시편들 하나하나는 비로소 눈을 뜨고 우리를 응시하기 시작한다. 또한 그럴 때만이 그의 시에서 중요한 기호로 놓여 있는 '당신'과 마치 시소를 하는 듯한 형식의 삐걱거림을 이해할 수 있게 된다. 다음의 시를 보자.

길모퉁이와 모서리는 세월이 지나면 부드러워지는 습성이 있다

어릴 적 유난히 책상 모서리가 싫어 닳도록 비빈 적이 있었다

그럴수록 보름달처럼 변해 가는 심장소리를 들은 적이 있었다

부엌에 쪼그리고 앉은 당신은 부드러워질 때까지 날을 지새운 적이 있었다

항상 뒷자리가 편안하다고 앉아 있던 당신은

뼈다귀에서 맛있는 것은 뼈 사이라며 부드러워질 때까지 먹은 적이 있었다

밑바닥부터 걸쭉해지는 것이 당신을 많이 닮아서일까

몇 시간 지나 푹 잤다는 당신은 벚꽃 눈물을 흘리는 사월,

뜨거운 김에 눈물을 훔친 적이 있었다

-「곰탕」 전문

시인이 곰탕을 객관적 상관물로 해서 말하려 하는 대상은 '당신'이다. '당신'은 시의 화자에게 초점화되어 있는 반면에 직접적인 형상화는 지워져 있다. 위 시에서 특징적인 어법은 존재·경험적 서술어인 '있다', '있었다'이다. 이 어사들은 어

떤 상태를 규정하는 말이다. 단정적이기에 비(非)시적인 어감을 준다. 이런 특징은 시인이 곰탕과 당신의 연결고리에서 감정을 최대한 배격하고 물상(物像)처럼 놓인 시적 대상의 행위와 상태에 몰입하게 하는 효과를 자아낸다. 독자들은 이 시에서 진술하는 서술적 이미지를 통해 '화자'와 '당신' 사이에서 생겨나는 긴장을 느끼게 된다. 시적 '긴장'은 신비평(new criticism)에서 시의 주요한 효과로 삼는 요소다. 긴장은 습관적이고 몸에 익은 시 독법에 미세한 균열을 만들고, 대상에 대한 진술에서 낯선 느낌을 자아내는 데 효과적이다. 화자가 바라보는 당신은 이중적으로 존재한다. 그것은 "부드러움"과 "눈물"이 서로 나란히 하기 힘든 상대라는 점과 상통한다. "부엌에 쪼그리고 앉은 당신은 부드러워질 때까지 날을 지새운 적이 있었다"와 "뼈다귀에서 맛있는 것은 뼈 사이라며 부드러워질 때까지 먹은 적이 있었다" 사이에서 발견할 수 있는 상반된 이미지와 사뭇 이질적인 정서를 불러일으키는 "몇 시간 지나 푹 잤다는 당신은 벚꽃 눈물을 흘리는 사월,/ 뜨거운 김에 눈물을 훔친 적이 있었다"의 진술 사이에는 어떤 정서의 고랑이 파여 있는가. 낯설고 이질적이지만 얼추 엇비슷한 분위기와 정조를 안기는 시어와 진술을 보며 현대시의 특징 가운데 하나인 탈 서정의 모습을 발견한다. 탈 서정은 하나의 의도이자 기법이다. 서정을 넘어선 서정이다. 그렇지만 탈 서정의 시라 해서 기존의 시 문법을

젖혀 두지도 않는다. 언어의 질서와 거기에서 환기하는 안정되고 습속화된 독해가 가져다주는 세계와 이를 비틀고 헤집어서 새롭고 강력한 의미의 세계를 획책하는 모더니즘의 전략 사이에는 도대체 어떤 불협화음이나 타협점 같은 것들이 있었을까. 서화성의 경우 소박하게 말해 '약한 모더니즘'의 시 형식을 보여준다. 이는 단지 언어에만 집착하지 않고 내용과 의미의 진작에 의식을 기울이고 있다는 말이다. 그러면 「곰탕」에서 '당신'의 뜻이 간단치 않으리라는 생각에 이르게 된다. 그리고 이럴 때만이 이번 시집에서 '당신'이라는 기표의 자리가 맥락화될 수 있고, 이 '당신'의 맥락화야말로 이번 시집의 빛깔을 규정하는 바로미터가 되는 것이다.

> 당신은 무엇이었나요
> 당신은 말을 할 수 없고
> 아이처럼 하루를 누워 있었고
> 당신이 일어난다고 믿어요
> 당신의 가지에서
> 당신의 뿌리에서 운명을 믿어요
> 별이 빛나요
> 당신은 몰라서 모른다고 하네요
> 나는 믿어요
> 우리는 나무잖아요

우리는 운명이잖아요

우리는 당신이잖아요

괜찮아요

당신은 당신 가까이 있어요

사람 중에 당신과 운명이잖아요

당신과 나는 당신이잖아요

-「당신은 운명이잖아요」 전문

'당신'과 '나'와 '우리'가 만드는 트라이앵글의 관계도는
위 시에서 전면화하고 있듯이 일종의 '운명'으로 맺어져 있
다. '운명'이라는 극히 '서정적인' 용어로 위 시에 나오는 존
재들을 규정할 수 있다면 「당신은 운명이잖아요」는 달콤한
사랑시가 될 것이다. 그리고 분명 연애시적인 요소가 다분
하지만 '당신'이라는 기표는 언제든 시의 화자와 호환될 수
있는 기호이기도 하다. '당신'과 '나'가 서로 자신의 존재 영
역에 머물다가 때로는 동일시의 관계에 주저 없이 엮일 수
있는 까닭은 마지막 구절에 나오는 "당신은 당신 가까이 있
어요/ 사람 중에 당신과 운명이잖아요/ 당신과 나는 당신이
잖아요"에서 보는 것처럼, '당신'이라는 기호를 중심으로 세
계가 회전을 하며 그 질서화된 존재들의 '당신화(化)'를 통
해 안정된 시공간적 좌표를 설정하기 때문이다. 이 세계는
서정시적인 지복의 상태이기도 하고 주체와 객체가 더 이상

나누어져 있지 않고 통일되어 있는 상태이기도 하다. 파편화되고 분열된 의식을 형상화했던 그간의 모던한 시들에서 찾기 어려운 시적 정조가 위 시에 녹아 있다. 기호로써 '당신'이 상징하는 의미는 그 무엇이 되어도 상관이 없다. 시인은 '당신'으로 표상되는 '객체적 주체'의 자리바꿈과 투사 및 동일시를 통해서 현실 세계와 시적 시공간의 배치 사이가 불러일으키는 기우뚱한 대비를 여러 각도에서 실험한다. 이러한 시적 실험이 사실 서화성 특유의 시 작법인 것이다.

> 대낮에 숨어 있던 모음과 자음이 촛불을 켜자 어둠에서 나온다. 시집 하나와 먼지 둘과 목소리 셋이 숨죽이며 스멀스멀 나온다. 의자 밑의 그림자 다섯과 책상 일곱 사이에서 그리고는 그리고와 그러나 사이에서 숨었다 나온다. 방바닥은 온통 불빛 투성이다.
>
> ―「알리바이」 전문

현실공간과 시적 공간의 비대칭적 구조는 모든 언어가 그렇듯이 실재와 지시대상의 미끄러짐 때문에 생기는 결과의 흔적이다. 언어는 무엇을 정확하게 지시하는 기호처럼 보이지만 언제나 의미의 텅 빈 공간을 배회한다. 그것은 실체를 겨냥하는 듯해도 그 옆을 스치며 영원히 잡을 수 없는 영역을 부유하는 그림자에 지나지 않는다. 「알리바이」를 이러한 언어의 상징을 보여주는 시로 읽어도 무방할 것이다. 시인이 찾으려 하는 "모음과 자음"은 "촛불을 켜자 어둠에서 나온다." 훤한 대낮에는 보이지 않던 말의 실체와 민낯이 컴컴해지고서야 나온다는 말에 주의를 기울이자. 그런데 확연해졌다고 믿는 순간의 언어는 실상 현실의 언어체계와는 차원이 다르고 이질적인 체계에 속한다. 이것은 헤아릴 수 없고 분명한 의미와 문법구조를 이탈해 있기에 응당 아이러니하고 신비로운 시적 세계에 편입된다. 시인은 이런 언어의 부조리가 탄생하는 지점을 파고들어 가려 하지만 어쩔 수 없이 현실을 수락할 수밖에 없는 존재다. 이곳에서는 이성과 합리가 증발하고 그로테스크한 질서가 펼쳐진다. 현실 언어의 문법은 온데간데없이 시의 기묘한 영역에 빠져버린 언어의 날 선 표정을 반영하는 것이다. 즉 "그리고는 그리고와 그러나 사이에서 숨었다 나"오는 비밀과 마술의 시적 세계 한복판에서 시인은 말을 연주한다.

2. 고독을 어루만지는 손길

생활세계에서 모자이크한 시적 언어의 조합이 이번 시집의 특징이라면, 그 세계의 의미를 떠받치고 있는 삶의 지표는 대체로 흐리거나 우울하다. 그렇다고 해서 그가 비극적인 세계관을 시에서 형성하고 있는 건 아니다. 서화성에게 현실세계는 조금씩 결락되어 있으며 약간 경사진 각도로 위태롭게 놓여 있다. 불완전함과 허전함과 아쉬움과 미련의 의식과 감정들이 그의 시 언어 저변에 흐른다. 따라서 그의 시가 한편으로는 물기를 머금은 스펀지처럼 무겁게 가라앉아 있는 듯한 정조를 보이지만, 슬픈 정서는 시 배면에 가려져 있다. 슬픔은 '언어'라는 투과체를 거치면서 낯선 구도에 놓인 정서로 바뀐다. 이 정서는 시인이 줄곧 만들어내는 시적 정조이며 언어와 말의 기술(記述)적 배치가 서로 만나서 빚어내는 감성의 한 단면이다.

> 태엽시계를 보거나 만져 본 적이 없었다
> 바람이 두 번 지나가면 아침인 줄 알았고
> 민둥산에 해가 지면 내일인 줄 알았다
> 주름살이 느는 것과 슬픔이 같다는 걸 알았다
> 호락호락하게 하늘과 마주한 적이 없었고
> 얼굴을 들어 겸상한 적이 없었다
> 흙먼지를 탈탈 털며 하루가 가는 줄 알았다
> 햇빛이 쨍쨍해야 벼가 고개를 숙인다는 사실과
> 호미질이 익숙해질 때 밥이 익어간다는 걸 알았다
> 숫돌은 칼날이 부드러워야 자기 몸을 내어준다는 것을
> 기억 한 뭉치가 빠져 세상이 보이지 않는 날,
> 초승달처럼 허리가 잘록하다는 걸 알았다

막차를 기다리는 삼산면 판곡리 낡은 정류소
무거운 발걸음을 지고 남은 담배를 문다
바다에 갔다는 막내가 해가 지는 곳에 있는지
한숨이 늘어난다는 것을
그렇게 어디서부터 또박또박 오고 있었다

-「해가 진다」 전문

　위 시 전체를 지배하는 이미지는 '떨어짐'이다. 제목부터
'해가 진다'인데, 시를 추동하는 정서는 쓸쓸함이나 고독에
닿아 있다. 수많은 소재들과 시적 모티프들이 의미의 연관
관계를 무시하고 가로지르면서도 어떤 통일적인 시적 정조
를 완성하는 것처럼 보인다. 시의 화자가 발견하는 것들은
일상에서 무심코 벌어지는 현상이다. 이 현상들에 인식적 지
향을 가하니 마치 새로운 사실을 발견한 듯 소스라치며 깨
닫는 화자의 모습을 상상할 수 있다. 가령 "바람이 두 번 지
나가면 아침인 줄 알았고/ 민둥산에 해가 지면 내일인 줄 알
았다"라는 인식에서부터 시작하여 "기억 한 뭉치가 빠져 세
상이 보이지 않는 날,/ 초승달처럼 허리가 잘록하다는 걸 알
았다"에까지 이르는 인식의 여정이, 새롭고 특별한 사실보다
는 은근하고 잔잔하게 파고드는 세상의 모서리에 번뜩이는
칼날처럼 선연한 느낌을 준다. 일몰이거나, 점점 잦아지는
바람이거나 시인은 천천히 가라앉는 그 무엇을 느낀다. 이

런 상태를 피로감이라 할 수 있다면, 시인은 분명 세상에 대한 피로와 한숨을 표현하고 있다. 해 지는 일상에서 갖가지 기억들과 삶의 현상들을 반추하는 중에 "어디서부터 또박또박 오고 있"는 것은 시인이 여태껏 경험하지 않은 미지의 불안일 가능성이 크다. 그리고 이 불안은 슬픔을 데리고 다가온다. 그러나 아직 깔리지 않은 어둠과 슬픔이기에 위 시가 나타내는 쓸쓸함에는 더욱 큰 긴장을 내포하고 있다는 느낌을 지울 수 없다. 이것은 세상에 대한 일상적인 불편함이나 거부의 포즈로 드러내는 것이 아니라 "태엽시계를 보거나 만져 본 적이 없"다는 식의 원천적이고 적극적인 이방인의 태도로 표현된다. 질서와 안정감이 시인을 규제하기보다는 어떤 원시적인 본능이나 무의지적 행동과 상상이 시인의 실존 전체를 떠받치는 충분조건이다.

　　그녀는 깔깔거리며 웃는 취미가 있다고 했다. 발이 둥둥 떠다니는 거리에서 그녀는 깔깔거리다 다리 한쪽을 잃었다. 첫 번째 만난 그녀와 두 번째 만난 그녀는 한때 안경을 좋아하는 남자를 사랑한 적이 있었다. 주위의 만류에도 불구하고 안경점을 지나가면 차들이 둥둥 떠다니고 그녀와 안경이 둥둥 떠다녔다. 마스크를 낀 그녀는 중국말이 유창했으며 끊임없이 누구와 말이 통했다. 전화기에서 나온 남자는 중얼거리듯 그녀와 키스를 했으며 그녀는 한참 동안 깔깔거리며 둥둥 떠다녔다. 그녀와 나

사이에서 다리 한쪽이 둥둥 떠다녔다.

-「둥둥」 전문

「둥둥」에서 보는 것처럼 떠다니는 이미지는 어떤 단단한 중력에 관계없이 물렁물렁하게 흘러가는 세계의 한 단면이다. '나'와 '그녀'가 서로 교차하면서 나누는 교감은 '둥둥'이라는 의태어가 상징하듯이 지면 위에 떨어져 있어서 현실성을 상실해 있다. 무의식적인 환상과 언어 기술이 또한 탈현실성에 색채를 보탠다. 위 시에서 어떤 의미를 끄집어내기는 힘들다. 둥둥 떠다니는 심상만이 전면화되어 있기 때문이다. 화자는 '그녀'의 행동과 상태를 제3자의 시각에서 전달하고 있는 듯한 태도를 보인다. 정확히 말하면 화자는 '그녀'가 속한 세계를 진단하는 자이다. 그러면서 화자 또한 '그녀'가 속한 세계에 어느 정도 걸쳐 있다. 그런데 화자와 '그녀'는 완전히 같은 세상에 있다기보다는 어느 정도 거리를 두고 있다. 왜냐하면 '그녀'는 다른 존재와 행위를 벌이며 커뮤니케이션을 행하기 때문이다. 존재의 구도는 그다지 중요한 문제가 아니다. 위 작품은 서화성의 시가 지향하는 지점을 보여주는 또 하나의 단층이다. 바로 동일한 어구의 반복을 통한 주술적 효과다. '주술'이라고는 했지만 시의 효과 가운데 하나가 음송과 관련한 특징적인 이미지와 의미 산출이고, 이것이 일종의 주술적 기대와 상통한다. 이런 면에서

서화성의 시는 말의 형식을 더욱 중요하게 표상하는 원인자
(原因者)요 직접적인 수단이 된다. 주술처럼 세계를 표상하
는 말의 기호를 되풀이하면 집중화된 이미지가 선명히 드러
난다. 이런 이미지들은 한편으로 시인이 의식하지 못하는 사
이에 그의 무의식적인 세계를 열어 보인다. 세계와 섞이지
못하고 고립된 섬처럼 자신을 방치해두는 격리감이다.

이 계절이 시가 되는 이유를 모르겠다

당신이 시가 되는 이유를
낙엽이 된 당신이 시가 되는 이유를
이유와 계절이 가로등에 있을지도 모르겠다

밤 고양이의 눈물을 본 적이 있었던가
밤 고양이의 울음소리를 들은 적이 있었던가

이 계절이 또한
밤 고양이처럼 외롭다거나
플라타너스의 나락처럼 쓸쓸하다거나
이유를 감당하기에는 이 계절이 힘든 이유다

어둠이 몰려오면 왜 이렇게 가슴이 두근거릴까

어둠의 불빛이 왜 이렇게 멀게 느껴질까

이 계절이 감당하기 힘든 이유다

이 계절은 시처럼 왜 이리 톡톡거릴까

이 계절의 이유를 모르겠다

-「계절의 이유」 전문

시 쓰는 일의 고독은 실존적인 고독과는 다르게 생겨난
다. 시인이 「계절의 이유」에서 "이 계절이 시가 되는 이유를
모르겠다"라고 했을 때 생겨나는 감정과 감성의 두께는 시
를 쓰는 일의 두께와 상응한다. 창작이, 계절이 가져다주는
온갖 심리적 영향만큼이나 복잡하고 다양한 심층 구조를 지
니고 있다는 사실은 충분히 가늠할 수 있다. 창작은 한 세
계의 창조와 파괴를 거쳐서 태어나는, 사유와 감성과 상상
의 산물이다. 시를 쓰면서 시인이 발 딛고 있는 세계는 당분
간 사라진다. 그 대신에 현실세계에서 발원한 또 다른 상상
의 세계가 펼쳐진다. 서화성의 고독은 시 쓰기가 만들어내는
또 하나의 세계에 대한 낯섦에서 생겨난다. 문을 열고 들어
가야지만 맛볼 수 있는 세계지만, 열었던 문이 다시 투명해
지면서 현실세계와 구분이 되지 않는 시뮬라크르의 세계처
럼, 시인은 시 쓰기가 안겨다 주는 차원의 변화에 민감하다.
언어를 창조하는 순간 세계는 둘로 갈라진다. 그 경계에 '당

신'이 있다. '당신'은 포만함과 쓸쓸함 사이에 서서 시인을 조율하는 존재다. 시인은 "당신이 시가 되는 이유를/ 낙엽이 된 당신이 시가 되는 이유를/ 이유와 계절이 가로등에 있을지도 모르겠다"라고 썼는데, 이는 바꿔 말해 시가 당신과 계절을 끌어안으면서 흡수하는 세계라는 사실을 에둘러 표현한 셈이다. 시는 계절처럼 어둡고 감당하기 힘들면서도 반드시 창출해야만 하는 그 무엇이기에 시인은 괴로우면서도 환희를 느낀다. 이유를 모르는 행위와 실천처럼 숙명의 바퀴는 없다. 이는 고독이지만, 쓸쓸함의 고통과 절망을 딛고 쟁취하는 뿌듯함이기도 하다. "이 계절은 시처럼 왜 이리 톡톡거릴까" 시인도 알 수 없다. 그러나 계절 자체가 견뎌야 하면서 지나쳐야 하는, 그러면서 열매를 맺게 하는 시간의 거름이자 존재의 양식이다.

그러나 당신을 리어카라고 부른다

당신을 언덕 위의 달동네라고 부른다

달동네의 허리에서

당신을 마지막 월급봉투라고 부른다

당신은 때 묻은 수건

당신은 세월의 나이테

두 개의 동전을 굴리며

손잡은 부부가 되어 달동네를 넘는다

한쪽은 당신의 얼굴

한쪽은 당신의 거울

당신을 두 얼굴의 저녁이라 부른다

당신을 늦은 저녁의 밥상이라 부른다

-「슬픔을 가늠하다」 전문

'당신'이라는 이름의 기호는 서화성에게 현실 세계와 시의 세계를 매개하는 표상이다. 시인은 그 이름이 '당신'이든 그 무엇이든, 그가 세계의 둔중하면서도 아린 감각을 흡수하면서 게워내는 경계에 서 있는 이름이다. 그 이름이 꾸미는 수사는 환영처럼 빛나다가도 중력처럼 시인의 실존을 끌어당긴다. 그것은 넘어야 할 기호이지만 때때로 시로 진입하는 데 손짓처럼 표식을 남기는 상징이기도 하다. 「슬픔을 가늠하다」에서 열거한 수많은 사물과 시공간적 지시어는 '당신'이라는 언어로 호명된다. '당신'이 세계의 온갖 기호들을 끌어안은 초월적 존재가 되는 것이다. 시인은 "당신을 두 얼굴의 저녁이라 부"르고 "당신을 늦은 저녁의 밥상이라 부"름으로써 당신에게 부여한 형상화의 수식을 마무리 짓는다. 당신에 대한 은유가 '저녁'으로 향해 있고, 이것이 일종의 '슬픔'으로 수렴되는 시적 환기를 생각하면 이번 시집에서 다양하게 산포되어 있는 당신의 의미를 짚는 데 도움이 되지 않을까. 시는 현실의 맥락을 파헤치면서 이룩하고 조합하는 상상의 언어다. 그렇지만 상상은 시인이 현실에서 결락되어 있고 충족시키지 못한 부분들을 채워주는 기능 또한 떠맡는다. 저녁 무렵의, 불온하고 신산하면서도 따뜻한 이 세계의 풍경을 바라보노라면 어디선가 그 모든 낡고 비스듬한 모퉁이들을 부드럽게 어루만져 줄 것만 같은 이미지 하나가 떠오른다. 이는 시간의 굽은 등을 힘겹게 오르면서 세계를 함께 관망하는 시인의 또 다른 자아이기도 하다. 시인 내면에 들어앉은 자아라 할 수도 있고, 시인의 무의식에서 시적 세계를 추동하고 채찍질하는 그림자이기도 하다.

3. 당신, 무대 한 모퉁이를 떠받치는 얼굴

시는 시인에게 내재한 이중의 언어를 드러낸다. 그것은 밝음과 어둠, 희망과 절망, 그리고 기쁨과 슬픔이 혼재되어 있으면서 어느 한쪽이 다른 한쪽을 흡수하거나 억압하면서 광대한 시적 스펙트럼을 펼친다. 어떤 요소를 취하느냐의 문제는 순전히 언어의 힘에 맡길 수밖에 없다. 시인은 시를 쓰지만, 시를 완성 짓는 것은 언어요 시 정신이다. 서화성의 시는 제 속의 말을 솔직하게 드러내는 데 주저하지 않는다. 현실은 불온하고 시는 투명하다. 잃어버린 시의 성채를 찾기 위해 시인은 저마다 자신의 개성을 발휘한다. 아름다운 말의 숲속에 가려진 삶의 얼룩은 시의 화법과 상징을 통해 새로운 시적 그늘로 탈바꿈한다. 이러한 변이 작용의 과정에서 시 세계가 형성된다. 그것은 꿈과 환상의 세계가 되기도 하고 고발과 비명의 몸짓이 응결된 공간이 되기도 한다. 때로는 오랜 상처와 절망을 치유하는 행복한 중얼거림이 되기도 한다. 서화성의 시가 어디를 향하든 이번 시집에서 주요한 지시어로 쓰인 '당신'의 용법에서 추측할 수 있듯, 시인 내면과 외면 다시 말해 무의식과 현실 세계 사이에서 이들을 비집고 유영하면서 빛나게 응결하는 시혼(詩魂)에 집중하는 포즈를 읽게 된다. '나'와 '세계', 이 거대하고 주체할 수 없을 정도로 버거운 물질적 장벽을 어찌할 것인가. 그래서 지금까지 모든 시인이 이데아나 영혼의 세계를 노래했지만, 아무도 영원한 존재계를 언어로 명확하게 그려내지 못했다. 무슨 말이냐 하면, 시는 본원적으로 언어의 한계를 지니면서 창조할 수밖에 없는 현실 세계의 '잉여'인 셈이다. 따라서 시 쓰기는 구원을 위한 매개자와 기도서임을 자처한다. '세계'라는 존재계의 무대가 늘 기울어져 있다는 실존적 자각에서 시는 비롯한다. 세계는 곧 현실이고, 현실은 시 쓰기를 뺀 나머지의 영역이다. 시가 이를 끌어안으면서 저 심연의 황홀로 나아가는 과정에서 베아트리체처럼 투명해지는 또 하나의 얼굴과 기호를 만난다. 이 기호 혹은 얼굴이 휘청거리면서 경사지도록 하는 불행한 중력계에 균형과 조화를 가져다준다면, 그것이야말로 시작(詩作)의 홀

룡한 동반자가 되는 것이다. '당신'은 이 동반자의 다른 이름이자 기울어지는 존재의 무대 한 모퉁이를 부드럽게 떠받치는 기호다. 시집 『당신은 지니라고 부른다』는 온전히 이러한 '당신'에게 바치는, 언어가 스스로 행하는 고백이자 시적 모노드라마이다.

서화성

경남 고성에서 태어나 2001년『시와사상』으로 등단했다. 시집으로『아버지를 닮았다』『언제나 타인처럼』이 있다. 제4회 요산창작기금을 받았다. 현재 부산작가회의 회원이다. kitjoy@hanmail.net

산지니 시인선

당신은 지니라고 부른다

초판 1쇄 발행 2019년 8월 20일

지은이 서화성
펴낸이 강수걸
편집장 권경옥
편집 윤은미 이은주 강나래 박정은
디자인 권문경 조은비
펴낸곳 산지니
등록 2005년 2월 7일 제333-3370000251002005000001호
주소 부산시 해운대구 수영강변대로 140 BCC 613호
전화 051-504-7070 | 팩스 051-507-7543
홈페이지 www.sanzinibook.com
전자우편 sanzini@sanzinibook.com
블로그 http://sanzinibook.tistory.com

ISBN 978-89-6545-622-3 03810

* 책값은 뒤표지에 있습니다.
* 이 도서의 국립중앙도서관 출판예정도서목록(CIP)은 서지정보유통지원시스템
홈페이지(http://seoji.nl.go.kr)와 국가자료공동목록시스템(http://www.nl.go.kr/
kolisnet)에서 이용하실 수 있습니다.(CIP제어번호: CIP2019030160)
* 본 도서는 2019년 부산광역시, 부산문화재단
지역문화예술특성화지원사업으로 지원을 받았습니다.